novum pro

AF146852

Silvia Lausmann

Kleine Gedankensplitter

novum pro

www.novumverlag.com

Bibliografische Information
der Deutschen Nationalbibliothek:

Die Deutsche Nationalbibliothek
verzeichnet diese Publikation in
der Deutschen Nationalbibliografie.
Detaillierte bibliografische Daten
sind im Internet über
http://www.d-nb.de abrufbar.

Alle Rechte der Verbreitung,
auch durch Film, Funk und Fernsehen,
fotomechanische Wiedergabe,
Tonträger, elektronische Datenträger
und auszugsweisen Nachdruck,
sind vorbehalten.

© 2021 novum Verlag

ISBN 978-3-99107-466-3
Lektorat: Dr. Annette Debold
Umschlagfoto:
Yevhenii Strebkov | Dreamstime.com
Umschlaggestaltung, Layout & Satz:
novum Verlag
Autorenfoto: Nicole Heiling

Gedruckt in der Europäischen Union
auf umweltfreundlichem, chlor- und
säurefrei gebleichtem Papier.

www.novumverlag.com

FF- Viel Vergnügen

FF hat er immer gesagt, wenn er besonders gut aufgelegt war, der Vater – viel Vergnügen. Hatte man ja auch, früher. Lachen ohne Ende, bis man Muskelkater bekam – „die lachen über jeden krummen Eckstein", kommentierte die Mutter das Gekreische von uns fünfen oft.

Wir fünf, das war eine eingeschworene Geschichte. Fünf Mädels – eigentlich waren wir vier, die sich so richtig gut verstanden, die fünfte war fünftes Rad am Wagen. Muss man leider sagen. Und fair waren wir auch nicht, aber so war es, und die eine trieb einen schon auch zur Weißglut. Immer eifersüchtig – sehr anstrengend. Fast schon habschimäßig. Ich konnte keinen Schritt alleine tun – alleine in die Stadt fahren und Schuhe shoppen beispielsweise ein Ding der Unmöglichkeit. Wurde streng geahndet.

Immer in der beliebten Gruppe zu sein und gleichzeitig die beliebte Gruppe zu sein macht schon auch arrogant. Man hat es ja nicht nötig, man wird ja gemocht, es reißen sich die Mädels um die Freundschaft mit einem. No ja, man hat es auch ausgenutzt. Obwohl man sich nicht viele Gedanken darum machte, früher.

Da fällt mir ein, da gab es noch die Frau Funkhauser aus Graz, eine Erscheinung mit Dutt, einem pechschwarzen und sehr stattlich. Die hat in der Grazer Zweigstelle meines Vaters gearbeitet. Also nicht seine Zweigstelle, er war Angestellter und dann Direktor bei der „OMG", und die hatte in Graz eine Zweigstelle, aber er „war ja mit der OMG verheiratet", wie Muttern oft etwas verhärmt bemerkte – Verhärmung vollkommen zu Recht, weil da gab es auch Weibergeschichten, also nicht nur Büro. „Ah, ein Mädchen aus der OMG", sagte der Vater und bremste sich unvermittelt ein, auf der Landwiedstraße, einer Durchzugsstraße am Bindermichl. Weil da so eine schwarzhaarige Junge ging – „Never ever eine aus der OMG", dachte ich mir, machte aber gute Miene zum bösen Spiel. Unterschätzung nervt.

Die Figur

„Denken hilft" – haben sie in so einem T-Shirt-Shop auf einem Leiberl drauf. Und „Prada-Meinhof", das gefällt mir besonders gut. Aber Apothekenpreise und Puppengrößen. No ja, abnehmen! Und sie sollten „Unterschätzung nervt" mit ins Programm aufnehmen. Obwohl, so gut auch wieder nicht. Und abnehmen wegen eines Leiberls ist auch ein Blödsinn. Da hilft die Body-Positivity. Kein Freibrief zum Fressen, bis der Arzt kommt, sondern eine Bewegung, bei der der Status quo figurtechnisch angenommen wird, egal ob dick, dünn, groß oder klein.

Der Stenmark

Landwiedstraße: Da gab es in einer Seitengasse die Frau Gruber. Die hatte einen „Kraut und Kampl bei der Fettn"-Laden. Vor allem dealte sie mit den Skifahrer-Abziehbildern und den dazugehörigen Einkleb-Alben. War Riesensache damals. Den Ingemar Stenmark hatte ich x-mal, weil ich fand, der ist es: so scheu und so elegant in seiner Rasanz vor allem im Slalom. Ich hab mir dann vorgestellt, wie ich mit ihm in Tärnaby in einem Holzhaus lebe und beseelt bin von seiner Anwesenheit. Praktisch null Anspruch an die Herren der Schöpfung. Schön blöd. Viele damalige Freundinnen waren in der Hansi-Hinterseer-Fraktion, hab ich nicht verstanden, war mir zu plakativ, Ken-artig. Aber Geschmäcker und Ohrfeigen sind nun mal verschieden, wie meine Mutter zu sagen pflegte.

Frühe Jagd

Dann ist mir noch der Auhof in Erinnerung. Da wohnte der Beiringer Kurt, der hat mich sehr inspiriert – warum, weiß ich nicht mehr. Die Jagd nach ihm – übrigens erfolglos – war Perfektion. Durchgeplant über zwei Kumpels, die mit ihm zur Schule gingen und mir entscheidende Eckdaten durchgaben, wie z. B. wann der „Beiri" bei der Bushaltestelle Hatschekstraße abzupassen ist und dergleichen. Und den „Beiri" hat die nackte Angst gepackt, als er mich sah an der Bushaltestelle. Ich Sieger-Sepp-mäßig hab gesagt: „Servas, Beiri", und das als Riesentriumph verbucht – oje, Themenverfehlung, aber was soll's?

Grätzlleben

Wien, Mariahilf, 30 Jahre später: Es geht um keine Haltestelle, obwohl die auch in der Nähe ist, die vom 57 a. Es geht um Weißrussen. Gegenüber von meiner Wohnung haben sie vor ein paar Jahren einen Dachboden ausgebaut, und dann haben sich besagte Weißrussen eingemietet und auffällig geprotzt am Balkon, der aber recht klein ist, und stinken tut's auch sicher, weil die Gumpendorfer Straße ja doch gut befahren ist. Aber den Weißrussen hat es sehr gefallen in Mariahilf, wobei so gut auch wieder nicht, weil nach vielleicht einem Monat sind sie wieder ausgezogen und seitdem steht der Kobel leer. Ich kann auch nicht mit Sicherheit sagen, dass es Weißrussen waren, aber das viele Glitzi und der Pomp erinnerten mich ans Russische. Weißrussisch vielleicht, weil sie recht bleich waren, wenn man sie ab und zu am Balkon stehen sah. Und schon hab ich für mich den Weißrussenfilm laufen gehabt.

Und unten drinnen in diesem riesigen Altbau, der ums Eck weit in die Brückengasse reicht, ist das Café Sarina, das sich durch den Besitzer, den Herrn Hans, und seinen Kater Burschi aufs Angenehmste hervortut. Kater Burschi pendelt fast täglich von Niederösterreich nach Wien im Transportkorb, den der Herr Hans auf einer kleinen Rodel transportiert. Und untertags sitzt er dann im Windfang – der Kater Burschi – und lockt die Gäste ins Café. Das klappt gut, und drinnen passt dann alles, vor allem die Sarina-Torte. Geile Nugat-Butter-Creme in Schichten – Trennkost, weil pures Fett.

Wieder die Figur

Die Abnehmerei war auch immer Thema. Bin von Haus aus eher kompakt und bindegewebsschwächelnd gebaut, „weiblich" sagt man auch, wenn man Spezialist ist – und dann kommt noch der Aszendent Fisch dazu, der ja die Süchte gern gepachtet hat. No, mehr braucht es nicht – erste Langzeit-Diät mit 14, da hab ich ein Jahr lang am Abend nix gegessen, bin richtig auf die Essbremse gestiegen. Die Ernährungsgurus müssen sich nix auf ihr Anti-aging-nix-am-Abend-Essen einbilden, weil das hab ich schon in den 70ern betrieben. Danach war ich recht schlank und knackig und hab mir eine Fiorucci-Jeanshose gekauft, die in Wahrheit keine gute Figur gemacht hat, weil zu hüftig. Hab voll verbaut damit ausgschaut. Aber der Glaube versetzt ja bekanntlich Berge – ich war obenauf.

Lachen

Praktisch Sieger-Sepp! Das hat der Sepp Koller immer beim Kartenspielen geschrien. Gewonnen hat er meistens beim „Hosen-Owi"-Kartenspiel. Ich weiß gar nicht, wie das richtig geheißen hat, das Kartenspiel. Der Sepp war der Mann von der Elfi, und die wiederum die beste Freundin meiner Mutter. Eine Seele von Mensch und sehr humorig. Da hat dann auch meine Mutter wen zum Lachen gehabt, weil daheim nicht so oft, mit dem Herrn Direktor.

Und jetzt sitze ich da mit 50 something und schreibe mein Buch. Kraut und Rüben könnte man meinen, aber es hat schon einen roten Faden ... somehow.

Jobgedanken

Meine Jobs sind auch so eine Sache. Nach dem Studium, das sich gezogen hat wie ein Strudelteig, gab es erst mal das Akademikertraining. Im Prinzip Praktikum. Hab ich bei einem deutschen Verlag absolviert, wollte ins Lektorat, kam eben dort hin und hab mich am zweiten Tag so fadisiert im Kammerl, alleine beim Lektorieren von Jugendbüchern. Keine Ansprache, Jugendbücher damals für mich praktisch Valium – ganz schlecht. Ging dann in die Pressestelle und deponierte mein Begehr der Versetzung in selbige, weil gutes Terrain fürs Quatschen, Schreiben und Telefonieren. Das war es dann, befand ich – aber behalten haben sie mich nicht nach dem Training.

Behalten haben sie mich dann bei einem großen Verein in Salzburg, dort war ich in der Presseabteilung in Amt und Würden. Mir hat es dort recht gut gefallen, menschlich betrachtet. Die Burschen haben zwar anfangs ordentlich gefremdelt, aber bald begriffen, dass die Frau Doktor keine taube, hochnäsige Nuss ist, sondern durchaus rustikal an der derben Witzkultur mit partizipiert und auch aktiv in diesem Genre einiges zu bieten hat. Da war dann das Eis gebrochen. So war ich auch die erste Frau, die sie in dieser Abteilung angestellt haben.

Das Rustikale liegt dem Oberösterreicher genauso wie das Unkomplizierte. Hemdsärmelig arbeitet er anständig, auf ihn kann man sich verlassen, und zum Intrigieren neigt er auch nicht.

Sprach-Gender-Sperre

Für alle Sprach-Gender-Beseelten: Hier seid ihr nicht richtig. Das Gender-Sprach-Viech ist mir während meiner Grazer Zeit als Trainerin und Coach so dermaßen auf die Nerven gegangen, dass ich zu meiner Ursprungsform zurückgekehrt bin. Weil warum: Erstens haut dir die Genderei jeden Text zusammen, vor allem jeden Pressetext. Da hört der Journalist schon beim ersten Absatz auf zu lesen. Und zweitens wurde bei besagten Trainer- und Coachjobs zwar sprachgegendert bis krumpelfünfzehn, die besser bezahlten Jobs, mit Ausnahmeregelungen die Arbeitszeit betreffend, bekamen dann aber ausschließlich die Windeier-Burschen, die prahlerischen Nichtskönner und Speichellecker. Also mir nicht mit der Sprach-Gender-Scheiße daherkommen. Zuerst die Gehältersache gleich behandeln, dann reden wir weiter.

Wieder Job

Aber jetzt zum großen Verein: Unser Chef, der Herr Meier, hat sich nicht getraut mit mir per Du zu sein, weil Frau Doktor und so. Als Zugeständnis hat er dann nach geraumer Zeit „Frau Lausi" entwickelt, meist in Zusammenhang mit „nehmen S' bitte die Post mit, Frau Lausi", wenn ich nach getaner Arbeit den Heimweg antrat. War irgendwie rührend. Aber die Rührung hat dann den kargen Lohn auch nicht ausgeglichen, und ich fand, ich sollte mich verbessern, und bewarb mich bei dem zweiten Salzburger Verein als Pressesprecherin. Die haben mich genommen – was mich damals sehr freute –, und ich begann beseelt bei diesen „Brüdern" zu arbeiten. Gehaltsmäßig Verbesserung, menschlich eindeutig Verschlechterung. Das Gute aus dieser Zeit ist meine Freundin Gudrun, die ich dort kennenlernte und mit der ich viele Jahre auch privat um die Häuser gezogen bin, wenn wir uns vom Sofa lösen konnten.

Die Misere liegt aber in der PR-Branche an und für sich. Weil man ist immer der Gelackmeierte als PR-Mensch. Denn alle können immer alles besser, und reingequatscht wird einem, dass sich die Balken biegen. Bei dem zweiten Verein hatte ich drei Chefs (praktisch Triptychon), einer gscheiter als der andere und alle drei beseelt davon, über meine Pressetexte drüberzugehen und Korrekturen von enormer Wichtigkeit zu tätigen. Die geballte Fachkompetenz des Triptychons hat es damals fast geschafft, mich für ein legereres Waffengesetz zu gewinnen. Dazu kommt noch, dass der Vereinsbereich gerne mal eine menschlich überschaubare Branche ist. Weil im Gegensatz zur hehren Sache, zählt der Mitarbeiter an sich nicht viel und wird oft ausgewrungen wie ein Abwaschfetzen, verschlissen möchte man sagen, was auch die hohe Mitarbeiter-Fluktuation in diesem Bereich zeigt. Da bin ich doch lieber in meiner jetzigen Profit-Tätigkeit, herrlich pragmatisch und eine klare Sache. Ursache-Wirkung-Behebung. Läuft!

Das Reiten

Genug herumgehärmt. Da fällt mir ein ganz anderes Thema ein, nämlich das Reiten. Jetzt ist es doch so, dass ein Pferd nicht mit einem Zweibeiner am Rücken auf die Welt kommt. Also schon klar, dass ein Pferd nicht unbedingt beritten werden will, soll, muss. Und wenn man bedenkt, was so alles auf einen Klepper raufsteigt, da wird es einem ja ganz angst und bang. Nicht umsonst ist der Jockey ein magersüchtiges Zniachtel. Aber der Amateurreiter meistens ein Bröckerl. Bin ich auch, steig aber auch nicht auf einen Klepper. Zu meiner großen Verwunderung sehen aber nur ich (und Gudrun) die Sache dergestalt.

Fadesse

Mir war als Kind oft so fad, dass ich es gar nicht sagen kann. Und auch im reifen Alter holt sie mich ab und zu heim, die olle Fadesse. Inzwischen find ich sie ja ganz brauchbar, weil Naturentschleuniger – wo sie eh alle vom Burn-out reden. Also mit der Fadesse im „Gnack" kann man nicht ausbrennen. Sehr praktisch. Dann natürlich auch gut, wenn man sie überwindet, sonst Depri-Gefahr. Apropos Depri. Kindheit ja oft Grund für alle möglichen Psychoteile. Bei mir auch. Mich haben sie ja adoptiert, letztlich. Weil zuerst hätten mich Menschen aus Villach gewollt, dort habe ich aber nichts gegessen (???), darum wieder zurückgeschickt worden. Meine Vermutung: Mir hat Villach grundsätzlich nicht zugesagt. Und dann kam meine Mutter ins Spiel, und da hab ich unverzüglich eingeschnitten, also was man mit knapp 1,5 Jahren halt so einschneidet. Das war sehr super bei meinen Eltern, ich bin regelrecht aufgetaut und habe durchgequatscht bis krumpelfünfzehn. Küchenpsychologisch würde ich sagen, Vertrauen war auf Anhieb da. Also alles paletti vorerst.

Energetisch

Hellotz, jetzt habe ich noch gar nicht von meiner energetischen Seite berichtet. Nicht fürchten, esomäßig wird es nicht, also nicht zu sehr. Wie kam's – eigentlich klassisch. Der PR-Bereich im Non-Profit-Kontext ist mir nach 10 Jahren auf die Nerven gegangen, aber so was von, und da war dann ein beruflicher Richtungswechsel nur logisch. Die Findungsphase hat sich etwas gezogen, und der Entschluss, Vitaltrainerin für Entspannung zu werden, kam mehr zufällig. Weil ich hab mir gedacht, sehr praktisch, zuerst entspanne ich, und dann entspann ich den Rest der Welt. Was nach meinem dritten Vereinsjob höchst notwendig war. Als Einstieg in die Relax-Branche bin ich auf eine wunderschöne Insel geflogen und hab mir dort den rauen Wind um die Ohren jagen lassen und bin gegangen und gegangen, als gäb's kein Morgen. Weil, wie soll sich was bewegen, wenn ich mich nicht bewege. Guter Ansatz – hat geklappt. Nur die Flugsache hatte einen Haken, einen ganz entscheidenden. Von Hamburg aus checkte ich mich bei einer kleinen Fluggesellschaft ein, die Inselflüge anbietet. Geflogen wird da mit Cessnas. Blöderweise hatte ich nur vergessen, dass ich erhebliche Höhenangst habe. Also bei großen Fliegern kein Problem, praktisch Autobus – aber die kleinen, wackeligen – auweh. So kam's, dass ich bleich in der Cessna neben dem flotten Piloten Platz nahm. Meine Frage, ob es eventuell eine „Kotztüte" gäbe, wurde sehr höflich, aber bestimmt verneint. Mir wurde gleich noch schlechter – ich sah aber ein, da muss ich durch. Den Flug verbrachte ich starr nach oben stierend – hatte nachher Nackenverspannung hoch zehn –, zum Glück ohne Magenrebellion. Die Insel hat mich dann für alle Qualen großzügigst entschädigt. Die See ist einfach der Wahnsinn, der Geruch, die Dünen, was will man mehr! Der Insulaner wiederum herrlich schrullig bis in die Knochen, staubtrocken, sehr wortkarg – pro Woche ein Satz –, aber unglaublich liebenswert. Und kulinarisch ganz meins, weil Matjes und Labskaus und Rote Grütze einmalig. Innerlich und äußerlich gestärkt kam ich tiefenentspannt nach Wien zurück.

Stylingkrieg

Mein Vater war eine eigene Nummer. Ich hatte gute Karten bei ihm grundsätzlich, nur in einem lagen wir uns in jungen Jahren gerne in den Haaren – in meiner Stylingfrage. Der Vater hätte mich gerne klassisch bieder gehabt, also, Gymnasium, Tanzschule, Matura und dann einen Fadsack aus der Tanzschule ehelichen, das wäre so seins gewesen. Matura deswegen, weil dann kann die Hausfrau moderat mitreden, wenn der Chef des Mannes zum Essen eingeladen wird. Das ganze natürlich in artiger Kleidung. Am besten Rock und Rüschenbluse. Ich schon damals durchaus clever in der Causa, was mir nicht steht, sah natürlich rot, wie Charles Bronson in dem gleichnamigen Film. Weil Rüschenbluse eine dralle böhmische Köchin aus mir zauberte, die ich verständlicherweise nicht sein wollte. Das Thema Rock in dem Sinne, wie der Vater es verstand, keines für mich. Weil eigentlich meinte er eine „Schoß", also bis zum halben Wadel, leicht ausgestellt und gacksi, wie ich fand. Ein Showdown von uns beiden fand dann einstens in der Boutique Chantalle am Linzer Hauptplatz statt. Vorweihnachtlicher Einkauf war der Oberbegriff. Der Vater fand, ich bräuchte dringend was Gscheites zum Anziehen. Ich noch nervlich stabil, dachte mir, na gut, lass es uns einfach probieren. In der Boutique kam dann das Unvermeidliche. Die beflissene, tantige Verkäuferin brachte Schoß und Rüschenbluse und fand, das stünde mir hervorragend. Der Vater verfolgte die harte Linie – das nehmen wir –, ich die klassisch trotzige – aber das werd ich nie anziehn!!!!! – Fakt war, es wurde gekauft ums „expensive money" – und ich hatte es in Phasen des wenigeren Gewichts zweimal an. Immerhin.

Elefantös

Ich mit meinem Elefantengedächtnis merk mir ja alles – das ist ein wahrer Fluch. Da haben die anderen schon alles vergessen, weiß ich noch wie, was, wann und wer das Ungeheuerliche getan oder gesagt hatte. Da wär ich recht gerne unbedarft und wurschtig, aber aus seiner Haut kann der Mensch nicht raus.

Vergebung deshalb auch so ein Herausforderungsthema meinerseits. Ich tu mir schwer damit, merk mir alles Schlechte, das mir widerfahren ist, fast mit digitaler Zeitanzeige. Sogar das Schlechte, das Nahestehenden widerfahren ist. Da kann es schon passieren, dass die das längst vergessen haben und ich sie recht wichtig wieder darauf aufmerksam mache, dass 1998 der Wolfi das und das getan hat. Eigentlich eine blöde Angewohnheit, oder eben doch Anlage irgendwie. Sicher horoskopisch oder kosmisch bedingt, sag ich mal.

Muttern

Und meine Mutter hat super kochen können. Hat das immer geschmeckt!!!! Gut, da war viel Butterschmalz im Spiel, aber heutzutage ja voll rehabilitiert – ist ja das gesunde Ghee von den Ayurveda-Brüdern. Da geht auf einmal ein Raunen und Gedöns durch die Menge, weil exotisch. Also wurscht, die Mutter hat das Kochen beherrscht. Könnte gar nicht sagen, was das beste Gericht war. Wir hatten immer das Spielchen, Jahr für Jahr, ob die Ente vom 25. Dezember denn heuer nicht so gut wie die vom letzten Jahr war – natürlich großer Mumpitz, weil Jahr um Jahr hervorragend, und danach sind wir gelegen wie Max und Moritz, denen das Haxlstück noch beim Mund rausschaut – der Vater und ich. So gesehen ist es ja eine logische Konsequenz, dass ich figurmäßig zum Runden neige.

Die Mutter war eine herzensgute Frau, voll lieb, eine richtige Mama. Ein bisschen übertrieben in der fürsorglichen Belagerung ab und zu, aber gut gemeint. Sorgen hat sie sich halt immer gemacht um mich, dann hat sie eine Honigmilch trinken müssen zum Einschlafen. Einmal war ein von mir heftig Adorierter bei uns zu Hause, allerdings nächtens, den hab ich angeschleppt zum nächtlichen Bad im Swimmingpool. Muttern natürlich aufgewacht und alle paar Minuten zu uns rein ins Wohnzimmer – wo wir nach dem Bad noch etwas herumtaten – und ermahnt, dass die Silvi jetzt ins Bett muss, weil ja morgen Schule ist. Uns ist es dann bald zu blöd geworden, weil so eine unterbrochene Fummelei auch fad. Er ist dann nach Hause gefahren, und die Mutter hat schlecht geschlafen. Der morgendliche Kommentar ihrerseits war dann entsprechend: „Einer, der sich nur bei Nacht zeigt, kann kein Guter sein." Hintennach betrachtet hatte sie natürlich völlig recht. Damals war aber die Verblendung enorm, und die Causa zog sich über Jahre, obwohl der Sumsenbacher eh eine fixe Freundin hatte. Meine Einstellung damals – es ist nur wichtig, was zwischen uns passiert – peinlich. Der Gute ist letztlich zu einer Sekte abgewandert, nachdem er davor beim Otto Muehl und sonst wo war. Da hab ich mal einen Nachmittag mitverbracht, bei so einem Jesus-Treffen, nicht beim Muehl. Oh my God, das hab ich sogar damals grauenhaft gefunden. In der Folge gab es dann noch rare Korrespondenzen mit vielen Johannesevangelium-Zitaten seinerseits – zum Glück abtörnend, und die Geschichte fand ihr natürliches Ende.

Allerdings hatte ich es anfänglich sehr mit unglücklichen, großen Lieben. Der Nachfolger vom „Gebetsbruder" war auch nicht ohne. Wunderschön, wie ich fand, riesengroß, blond, ein wenig comicartig, hat auch Comics gezeichnet – und nachweislich nicht an mir interessiert, weil noch seiner magersüchtigen Ostblock-Ex nachtrauernd, einem Zauken und Model – ich mit voller Inbrunst, das gibt es ja nicht, da muss doch was gehen usw. Dann hat er sich einmal erbarmt, und wir lagen unter einer Decke – alles sehr verhaltenskreativ, aber für mich damals Paradies. Natürlich keine Fortsetzung, ich hielt noch geraume Zeit bockig daran fest, dann glücklicherweise Ende, Gelände. Interessant, was man oft so sucht.

Kindersperre

In der Schule waren sie auch verhaltenskreativ. Unser Lehrkörper war ein Methusalem-artiger. Was nicht schlimm gewesen wäre, käme nicht bei einigen eine ewig gestrige Grundeinstellung dazu. Zwischenzeitlich wähnten wir uns bei BDM-Veranstaltungen und nicht im Klassenzimmer. Fragwürdig war auch die Tatsache, dass wir ein und dieselbe Frau Lehrer in Turnen, Kochen, Kinderpflege und Philosophie hatten. Schlimm genug, dass Kinderpflege ein Fach war – uns hat es recht gegraust, weil wir wurden unterwiesen, wie wir uns die Hosen in der Schwangerschaft weitermachen können – da war schweinchenfarbener Gummi im Spiel – gruselig, da kriegt man gleich Kindersperre.

Astrogedankensplitter

Ich bin ja Jungfrau im Sternzeichen, drum mosere ich gerne herum. Die Jungfrau findet bekanntlicherweise jedes Haar in der Suppe. Darin bin ich sehr gut. Mich selbst zerpflücke ich auch gerne, da bleibt oft kein Stein auf dem anderen. Aber mit zunehmendem Alter kommt ja der Aszendent angeblich stärker raus, weiß der geneigte Astrologe zu berichten. Was in meinem Fall der Fisch ist. Der lockert die staubtrockene Jungfrau durchaus auf, wie ich finde. Zwar neigt er zum Weinerlichen, der Fisch, aber das kann jetzt auch das Alter sein bei mir und nicht der Aszendent – sag ich mal. Wobei das Weinerliche per se ja nicht schlecht ist. Wenn es denn von etwas Feinem abgelöst wird. Meine drei liebsten Freundinnen sind Fische, die eine nach eigenen Angaben Haifisch und die anderen beiden Fisch und Mensch. Alle drei super. Man kann mit Fischerln wunderbar lang anhaltend abhängen, philosophieren, derb sein und Gaudi haben.

Schule und so

Das mit der Gaudi ist auch so eine Sache. Die wurde in der Schule schnell ausgebremst. Unter anderem durch die Erörterung in Deutsch. Also Erlebnisaufsatz war gestern, Erörterung jetzt ein

Muss. Die Freude darüber war überschaubar. Pro und Kontra zu einem generell schon langweiligen Thema. Mit dem Damoklesschwert der Themenverfehlung. Ich war nicht zufrieden – praktisch Fantasie-Einbremsung. Frechheit! Ließ mich allerdings nicht beirren, lebte Fantasie im Privaten aus. Man muss nochmals mit Alois Brandstetter sprechen – kann es gar nicht oft genug sagen –, es ist ein Wunder, dass trotz der Schulbildung etwas aus uns geworden ist. Das Beste schultechnisch waren natürlich die Pausen und die Freundinnen. Besonders fein war auch die Jause – vor allem die der anderen. Abbeißen ließen sie einen auch, das war großartig. Hermines Speckbrote waren legendär. Die Hermine selbst war recht dünn, wahrscheinlich, weil sie so viele abbeißen ließ. Erst in späteren Jahren hat sie etwas zugelegt und nach eigenen Angaben ganz lange in der Illusion gelebt, dass sie zu dünn ist. Sie war so dünn, dass sie Breitcordhosen mit dicker Wollstrumpfhose drunter anzog, damit es halbwegs aussah. BREITCORDHOSEN!!! Das war dann nicht mehr notwendig. Unnötig zu erwähnen, dass Breitcord nie meins war.

Mag ich nicht

Säuselnde Süßlfrauen sind nichts für mich, machen mich aggressiv, und zwar richtig. Zuckersüße, leise Mädchenstimmen, auch wenn die Mädchenjahre schon lange Geschichte sind – mein Albtraum! Meist gekoppelt mit Bourgeoisschlampentum, wie meine ehemalige Nachbarin Gerda die Sache gekonnt auf den Punkt bringt. Weil warum: meist Alpha-Habschis zu Hause oder als fleißiger Alimentezahler unterwegs, weil geschieden und das Pech, dass er sich mit der Zweitmizzi erwischen ließ. Zweitmizzi in dem Fall fast verständlich, wobei Menschenkenntnis null, weil ja nervende Süßelmizzi als Erstfrau.

Dann gibt's noch die hantigen Weiber, die kann ich ja auch nicht ab. Die gehen in der Arbeit allen auf die Nerven, weil sie nach 3,5 Stunden heimmüssen, das Kind umziehen, oder zur Logopädin bringen. Nachhaltig natürlich, weil zuerst mit dem 3-Monatigen darüber diskutiert wird, welche Hose es heute anziehen will. Dazwischen zieht es ihnen dann auf den linken Zeh, und sämtliche Kollegen müssen kollektiv die Fenster schließen. Wird man moderat derb, halten sie sich die Hände vors Gesicht. Man sagt Scheibenkleister statt Scheiße. Grauenhaft. Zum Glück sind mir die Hantigen selten untergekommen, weil auch das Gschau, als ob sie permanent in die Zitrone gebissen hätten, unerträglich. Und die Haare auf deren Zähnen sind Legion! Wieder mal steht fest, austeilen kann ich.

Très magnifique

Da fällt mir Frankreich ein. 50 musste ich werden, um die Normandie zu bereisen. Wie kam's? Zeit meines Lebens schimpfte ich in Jungfraumanier auf Frankreich und die Hiesigen. Warum weiß ich auch in diesem Fall nicht mehr so genau. Gepoltert habe ich, wie ich nicht anglophil und auf gaaaaar keinen Fall frankophil bin, weil dort eh alle deppert. Es kann sein, dass mich eine französische Urlaubsliebe so herb gestimmt hat, mit dem hat's nämlich nicht geklappt einstens in Griechenland mit 16 oder so. Den habe ich auch geohrfeigt. Oh Maria! Auf jeden Fall kam dann der 50er in Sicht, und meine Haifisch-Freundin und ich überlegten, was man denn zu so einem Runden anreißen könnte. Und dann kam der Geistesblitz: das Vorurteil, Frankreich zu Grabe tragen – oder wenn's blöd hergeht, bestätigt wissen. Aber eben vor Ort und höchstselbst. Ich kann sagen, dass der Normandieurlaub einer der besten meines Lebens war. Schön, beeindruckend, kulinarisch genial, weil Fisch und Käse und die Menschen, denen wir begegnet sind, einfach nett. C'est magnifique, wie der Franzose sagen würde. Echt jetzt – drum ein Jahr darauf gleich in die Bretagne geplädert. Seither bin ich recht vorsichtig in der Vorurteilscausa, weil überall will ich nicht mehr hinfahren, um zu überprüfen.

Auf dem Land

Apropos plädern – was übrigens oberösterreichisch für zu schnell Auto fahren ist – da sind die Mühlviertler federführend. Wahrscheinlich wird überhaupt auf dem Land so richtig Gas gegeben, im Mühlviertel auf jeden Fall oft und gerne. Da gab es mal eine Sperre der Pregarten-Durchfahrt wegen Bauarbeiten, und ich musste eine Ausweichroute nehmen. Das war Krieg – praktisch Nordkorea. Nicht nur, dass mich rotgesichtige, alkoholschwangere Mühlviertler schnitten, was das Zeug hielt, gibt es da große Versäumnisse bei der Ausschilderung. Also Abzweigung wird ganz kurz vorher ausgeschildert, und dann aber schärfest links. Weil der Mühlviertler weiß eh, wo er hin muss. Und der Städter, der sich wochenendmäßig aufs Land zwurbelt, soll schauen, wo er bleibt.

Kleine Bewegung

„Sportmäßig" verbreitere ich mich seit einigen Jahren beim Stretching. Was heißt Stretching – ist ja viel, viel mehr. Das Training bei Gwendoline bringt es zuwege, dass man als Ranftl reingeht und als Kaiserin rauskommt. Weil das olle Wamperl stärken im Mittelpunkt steht. Aber so, dass man es gar nicht so merkt, nicht wie bei den Sit-ups oder dergleichen Grauenhaftigkeiten. Nein, man werkt ehrgeizlerisch und schwitzig dahin, und flugs ändert sich die Haltung. Und irgendwie setzt einen die Gwendoline wieder zusammen, wie ein Puzzle, das durcheinandergekommen ist. Alles sehr suprig. Und lustigerweise trifft man über die Jahre immer dieselben Leute in der jeweiligen Stunde. Also Langzeiteffekt. Mich wundert es ja, dass ich da den kleinen Ehrgeizling raushängen lass, der mir sonst sehr, sehr fremd ist. Ja, und mit 50 hab ich mich dann noch ins Yoga eingeschrieben – auch sehr, sehr gut und die Carmen eine extrem gute Frau Yogalehrer. Die Stretch-Gwendoline schaut aus wie die Shirley MacLaine, drum von mir Schinder-Shirley getauft, ist sicherlich Ende 50 und hervorragend in Schuss, weil einstens Tänzerin. Und die Carmen auch um die 50 und ebenso top in Form. Lustig beim Yoga: die sofortige Runterpegelung – also System schaltet umgehend ein paar Gänge zurück – prima nach Arbeitstagen mit nachhaltigen Menschen.

Psychochicken

War auch geraume Zeit gerne in Therapie, da ich recht gut auf Zuspruch reagiere. Hatte mal Verhaltenstherapie – schwierigste Übung trug sich auf der Landstraßer Hauptstraße zu. Ich musste einen Busfahrer durch die offene Fahrertür anstieren, durfte aber nicht einsteigen, also praktisch das Aushalten üben, dass ich jemanden aufhalte. Hölle – zusätzlich hoffend, dass mich niemand kennt, weil reden durfte ich auch nicht. Der Therapeut dezent im Hintergrund. Da braucht man dann eigentlich gleich einen Schnaps.

Zweite Therapieform meiner Wahl war das Brainspotten. Da stierte ich auf ein Staberl mit orangefarbenem Knopf und ließ den Körper werken. Das war sehr praktisch, da löste sich viel Blödsinn auf. Es kommen schräge Gedanken und Bilder auf, das ist dann ein bisschen wie im Kino. Da brauchte ich keinen Schnaps, legte mich aber gerne danach nieder, weil produktiv zehrend. Um und Auf ist natürlich die Auswahl des Irrenarztes, das muss passen. Da muss die Chemie stimmen, sonst wird das nix. Hatte anfangs eine Eigenartige erwischt und brach nach zwei Sitzungen ab. Da kam nix außer tief gläubigem Schweigen. War nix.

Da hat es der Buddhist schon leichter. In der geschützten Werkstätte eines Klosters, wo alle dasselbe tun, geht dir nicht so schnell wer auf den Keks, bzw. steigt dir auch niemand zuwi oder steht im Weg herum im Bus beim Aussteigen oder auf der Straße. So gesehen kein Vergleich zu unserem Alltagswahnsinn. Weil den Mönchsmenschen schau ich mir an zur Rushhour in der U6 mit all den Lemuren, die einschauen, wenn etwas passiert und ansonsten amöbig gestrickt sind. Dem geht sicher auch das Feitl in der Taschn auf, nach kurzer Zeit. Aber das ist „non of my business", wie der Engländer so treffend sagt und der Eso auch, weil nach dem gibt es ja nur drei Angelegenheiten im Leben – meine, deine und die göttliche. Das ist ja ein passables Konzept. Wenn's nur leichter ginge, dass man sich nicht immer einmischt.

Das Ende

Die Sterberei ist auch so eine Sache. Da wissen wir, dass wir nur für bestimmte Zeit auf der Erde herumkrebsen und tun, als ob wir ewig da wären. Vor allem beim Sorgen machen kommt das Konzept der Endlichkeit zum Tragen. Recht viele Kümmereien sind überflüssig, wie sich meist im Nachhinein herausstellt. Am besten man hat die Chuzpe von Beginn an – also denkt sich, ist wurscht, wenn man es im gesamtkosmischen Kontext betrachtet. Meistens passt das.

Sterben ist allemal trotzdem oasch. Das steht fest. Es ist natürlich Streiten mit der Wirklichkeit, aber ein bisschen bocken darf man da schon. Als David Bowie starb, war es ganz übel, da starb meine Jugend mit. Das ist es wahrscheinlich, dass immer etwas von einem mitstirbt. Umgekehrt gibt es kein friedlicheres Plätzchen als den Friedhof. Ich habe mich immer sehr wohlgefühlt auf den diversen Friedhöfen. Auch die Englischen haben eine beruhigende Wirkung auf mich. Und ich fürchte mich nicht auf den Teilen – da gruselt es mich viel mehr in manchen Bezirken Wiens, wo man meint unter lebenden Toten zu sein. Zombiesk direkt.

Noch mal Job

Jetzt aber zum dritten Verein, den ich bereits ein paar Mal erwähnt habe. Dazu fällt mir eigentlich nur ein, dass mein Aufgabengebiet nach meinem Weggang auf gut drei Personen aufgeteilt wurde – da sag ich doch vergelt's Gott hintennach. Auch hier war es nur die Gudrun, die ich nach geraumer Zeit dazuholte, die mich so lange ausharren ließ. Leitspruch dort war: „Wir machen alle alles", und das schaute in Wahrheit so aus, dass ganz wenige alles machten und der Rest auf der faulen Haut lag. Aber was soll's, alles vorbei.

•

Wildgrantig

Meine Mutter trat ja im hohen Alter aus der Kirche aus. Da hat es ihr final gereicht, sie hatte solche Kabel – denn die Gfraster haben ihr die Kirchensteuer klammheimlich erhöht –, mehr hat's nicht gebraucht. Muttern zog den Schlussstrich unter die Katholenpartie. Fuhr gleich mit Bruder Karl zur Austrittsstelle und trotzte standhaft den Überredungsversuchen der Popen. Wenn ein Skorpion mal sauer ist, dann aber richtig.

Apropos Wut, das ist auch so eine Sache. Eine zwidere noch dazu. Oft auch die heilige Wut. Herausfinden, wie damit umgehen, ist dann die hohe Kunst. Weil rauslassen einerseits gut, aber wenn's die Falschen trifft, wieder blöd. Oder denk ich da schon wieder zu viel? Hab mir jetzt das Buch „Am Arsch vorbei geht auch ein Weg" bestellt, bin schon extrem gespannt, ob sich da lebenstechnische Fragen klären werden. Das ja im Fußball deutlich einfacher, weil XY klärt und die Sache läuft. Fußball überhaupt wie das Leben, komprimiert auf 90 Minuten. Zwei Gruppen wollen dasselbe, fighten und strudeln sich ab, bis dann eine Gruppe gewinnt. Dazwischen wird viel gespuckt und gerotzt. Nachdem meine Mutter gestorben war, hat mich eine Europameisterschaft psychisch gerettet. Strukturierung und Ablenkung pur jeden Abend, Bierchen dazu und zum Glück im Anschluss gut geschlafen. Hätte ohne EM anders ausgesehen. So, hätten wir das auch durch.

Beenden

Liebe es, etwas zu beginnen und nicht zu beenden. War schon als Kind so. Begann im Turnverein, war Feuer und Flamme, und dann von heut auf morgen aus Maus, fad. Es wird ja auch das Beenden überschätzt. Weil warum – es findet ja sowieso alles ein natürliches Ende, da muss sich der Mensch nicht wichtigmachen und aufpudeln und groß ankündigen, dass er was beendet. Praktisch sinnlose Wichtelei. Bestimmte Dinge beende ich schon, aber es fehlt mir der Enthusiasmus beim Beenden. Das Ende deprimiert mich eher, wahrscheinlich deshalb die Beendigungsschwäche. Ich finde auch, wenn Freundschaften enden, dass ich das nicht groß thematisieren möchte, also wenn ich der Schlussmacher bin. Weil aus ist aus. Mir ist es auch recht wurscht, was dann von mir gedacht wird. Also vorher, wenn's läuft, möchte ich schon unbestritten sein, aber wenn ich innerlich gekündigt habe, ist es mir herzlich egal, geht mir praktisch am Arsch vorbei. Hab ich mich gleich wiedergefunden im gleichnamigen Buch – herrlich. Jetzt heißt es nur Obacht geben, dass ich dieses Buch beendet kriege.

Der Bowie

Jetzt hab ich noch gar nicht vom David Bowie berichtet. Also das geht gar nicht, weil der begleitet mich seit ich jung war. Nämlich wirklich. Also auch in Träumen, in denen ich seine Personal Managerin bin. Los ging es, glaub ich, als ich 15 oder 16 war. Da hab ich mir natürlich erst mal alle Platten gekauft, die es gab. Die Low, die Heroes, die Ziggy Stardust und wie sie alle heißen. Dann gab es – weil ja vor Internet-Zeit – einen Versand, der Anima hieß – und da haben sie ein Bowie-Buch angeboten – was soll ich sagen, mit Fotos zum Niederknien. Auch das wurde angeschafft. Meine Eltern waren, glaub ich, froh, dass das eine nicht reale Schwärmerei war. Was ja so nicht stimmte, da ja traumtechnisch verbunden. Na ja, und dann kam „Der Mann, der vom Himmel fiel" ins „andere Kino" in Linz, und aus war's. 13-mal hab ich ihn mir in tiefer Ergriffenheit angeschaut und war hin und weg. Nicht mal der legendäre „Warme Hans"-Würstelstand konnte mich im Anschluss mit seinen legendären scharfen Fleischlaibchen-Semmeln reizen. In der Folge hab ich mein Styling auch verbowiesiert. Hennarote kurze Haare, wie er auf der „Low", und gesichtsmäßig kamen wir schon hin damals, gab Ähnlichkeiten. Ich mein, ein Therapeut würd wahrscheinlich die Händ überm Kopf zsammschlagen. Ich war beseelt. Grundsätzlich aber heute noch Gänsehaut, wenn ich mir seine Musik anhöre. Seelensache.

Burschengwirx

Und jetzt die frühe Burschencausa. Ich hatte gerne und jahrelang die Tendenz, mir diejenigen auszusuchen, die mich eigentlich und auch uneigentlich nicht haben wollten, also längerfristig gesehen. Da gefiel ich mir gut in der sehr tragischen Rolle der Abgewiesenen, wie Ulla Jacobsson in „Sie tanzte nur einen Sommer" oder Liv Ullman in „Szenen einer Ehe". Was genau ich in den Burschen-Teilen gesehen habe, weiß ich heute nicht mehr so genau – das ist die Barmherzigkeit des Vergessens. Großartig im Nachhinein, weil bonmotmäßig hochwertig, war meine knapp zweijährige Beziehung mit dem Kraxner Karli, einem Avantgarde-Künstler aus dem Dunstkreis der Linzer Szene. Zusammen kamen wir in einem damaligen Inlokal. Der Kraxner Karli war grad auf Besuch in Wien, sah mich, und wir kamen schnell ins Reden, da wir ja Grüßbekannte aus Linz waren. Und arrogant war er nie, der Karli, so gesehen hatte er einen Sympathiebonus in Zeiten der urcoolen Szene-Habschis, die nix sagten. Meistens, weil sie nix zu sagen hatten. Also waren wir damals auch schnell handelseinig, ich wollte endlich einen, der bleibt, und Karli eine Freundin. So gesehen unkompliziert. Er zog rasch bei mir ein, verlagerte seinen Lebensmittelpunkt nach Wien, und mit ihm kamen unzählige Super-8-Filme, Romane und Fotos und sonstiges künstlerisches Material in meine Wohnung. Ein Roman von ihm hieß „Kamilla geht", worauf ich dann die Katze, die ich mir nahm, Kamilla taufte. Ansonsten waren wir nicht wirklich kompatibel, kleschertechnisch. Mich fadisierte das Avantgarde-Kunstgedöns sehr, ja mehr noch, für mich war es pure Hirnwichse. Einmal hatte der Karli einen supernen Super-8-Film zusammengeschnitten und mit Musik einmalig unterlegt, ich sagte ihm das auch – worauf er ihn tags darauf wieder zusammenschnitt und dadurch beliebig machte. Finde ich zumindest. Ja, mit dem Karli wurde mir nicht fad, der hielt mich auf Trab aufregtechnisch. Weil permanent in irgendeine verliebt, oder wie er es nannte, „ein Sternchen gesehen". Also das ging so: Wir beide gingen spazieren, unterhielten uns angeregt, es kam uns eine Frau entgegen, er verließ die Bahn unseres Dialogs und meinte: „Mah, das ist ein Sternchen", machte dazu dumme Gesichter und war natürlich nicht mehr zu gebrauchen. Ich ganz schnell auf hundertachtzig, schimpfen Hilfszeitwort. Ja, mit der inneren Mitte war's nix, die hab ich beim Karli wahrlich nicht gefunden. Zum Glück nach 2,5 Jahren Schluss mit lustig. Auch das symptomatisch. Ich: „Du, Karli, ich glaub, es ist besser, wenn wir uns trennen". Er: „Ja, hast recht." Ich sag euch was, das brauch ich nicht. Heute würde man toxische Beziehung dazu sagen, damals beschissene.

Wechselwahnsinn

So, itzo im Hier und Jetzt. Grauer, regnerischer Novembertag, no ja. Das Wetter interessant – es verändert sich der Zugang. Habe es früher geliebt, wenn Dartmoor-Stimmung war, hat mir sehr gefallen, das Novembrige an sich. Inzwischen oje, wenig Licht, wenig Stimmung bzw. selbige im Keller. Erwäge den Ankauf einer Tageslichtlampe.

Das Gräuliche hat ja durchaus was, aber nur, wenn man im Schottischen oder überhaupt im Nordischen auf Urlaub ist. Weil Urlaub immer super. Viel Neues, andere Sprache, fremde Gesichter, keine Trampelpfade – herrlich! Das Lichtlose arbeitet mich, je älter ich werde. Man bräuchte einen Heiligenschein, der einem den ganzen Tag aufs Häupl scheint, das wäre erhellend. So was sollten sie erfinden, nicht das Dorf auf dem Mond. Meine Güte, kann man endlich das All in Ruhe lassen!? Dauernd schießen sie was rauf und belästigen die Umlaufbahn, gruselig. Und das Gedöns um die Astronauten, da krieg ich gleich eine Wallung.

Hellotz, jetzt zur Wechselcausa. Ja was für ein Scheiß ist das denn? Wechsel deshalb, weil die mannigfachen Blödheiten permanent wechseln. Wallungen, Schwitzerei, depressive Verstimmungen und Schlafstörungen – geht's noch? Was da an Energie sinnlos verpufft. Mit der ganzen Wallungshitze könnte man die halbe Welt beheizen, jahrelang, weil der Blödsinn zieht sich ja wie ein Strudelteig. Womöglich sind die Frauen am Klimawandel mit schuld wegen der ausströmenden Wallungshitze – wie die Kühe wegen der Methangassache. Ja und gibt die Wallung eine Ruh, kommt die Schwitzattacke aus dem Nichts. Tröpfchenbildung im Gesicht, mein Liebling, der Fächer mein ständiger Begleiter – nicht ohne meinen Fächer praktisch. So, dann heißelt man sich durch den Tag und freut sich auf eine wohlige Nachtruhe – schmecks, Durchschlafstörung. Ja sag mir, du, da soll man nicht narrisch werden! Vor lauter Aufregen, dass man um 2:35 h hellwach im Bett sitzt, als ob man auf den Bus wartet – wallt es sich dann auch gleich noch ein. Die Herausforderung der Wechseljahre ist, dass man nicht straffällig wird – Affekt praktisch zweiter Vorname. Also mir nicht daherkommen mit der wundervollen Veränderung des Frauenkörpers und dergleichen, da springt mir gleich das Feitl in der Tasche auf. Das ist ein bisschen genetisch, das Hitzköpfige. Weil mein leiblicher Vater war ein Hallodri mit einem Fuß im Kriminal. Der war Tellerwäscher und hat mit meiner leiblichen Mutter, die Hausmädchen war, in wilder Ehe zusammengelebt – allerdings Bigamist, da er anderweitig verheiratet war und zig Kinder hatte. Jetzt musste der oft einsitzen wegen Alimentsverweigerung. Die Zahl der Kinder, die der in die Welt gesetzt hat, ist sicherlich Legion. Hab mir diese Angelegenheit auch mal in einer Aufstellung angesehen. Da war mir der Erzeuger trotz allem recht sympathisch. Meine Mutter, also die mich adoptiert hat, hat ja oft mal sinniert, woher ich das Räuberische habe. Ich glaub, vom leiblichen Vater. Wobei ja ganz überzogen die räuberische Gschichte. Nur weil ich geflucht und gerülpst habe und nicht das rosa Mädchen-Mädchen war, ja noch nicht gleich räuberisch. Auch wenn es ist, wie es ist, geht mir der Wechsel enorm auf den Senkel, Punkt.

Der Wechsel hat allerdings einen Vorteil, und zwar einen recht gewaltigen. Die Haderei mit der Figur ist Geschichte. Endlich annehmen, was ist. Das beruhigt sehr und schafft viel Platz für sinnvolles Sinnieren. Auch die Bewegung macht auf einmal mehr Spaß. Also die richtige. Hab mich vor Kurzem ins Flamencotanzen eingecheckt. Weil das eine Tanzform ist, die sehr kraftvoll ist, und die Stampferei ist obergeil. Es ist ja kein Stampfen, weil man ja das Bein nur fallen lässt, während die Körperspannung gehalten wird – muss ich gleich recht klugscheißen – ja, die Armarbeit ist elegant, aber auch stark, also stark elegant, nicht grazil zerbrechlich elegant. Ja, aber bis es so weit ist, dass ich alles koordiniere und mich der Musik hingeben kann, dauert's noch. Einstweilen noch hölzern. Hoffentlich mal Billy Elliot – in dick und rund. Meine Güte, der Film war und ist ein Meisterstück. Da ist alles drinnen, was mich bewegt, mich eintauchen und die Zeit vergessen lässt, so schön. Berührt meine Seele. Jetzt fällt mir gerade noch ein Vorteil von der Wechselgschichte ein. Ich moniere viel früher, wenn mir etwas stinkt. Früher Halbwertszeit Katastrophe, weil so lang, itzo Reaktion recht beachtlich, fast zeitgleich mit Blödheit von außerhalb. Weil das ja überhaupt auch so was ist – die ungefragten Beurteiler, die gerne dozieren, dass man schon wieder patschert ist und warum man was nicht soundso macht, ist doch viel gscheiter, und blablabla. Das sind mir die liebsten – buddhistisch gesehen sind die natürlich Lehrmeister, weil wenn man damit gut umgehen kann, praktisch eine Lebensaufgabe erfüllt. Immer diese Aufgaben. Bald ist es mal genug.

Nach der ganzen Klugscheißerei über die Bewegung und tanzen und tralala hat mich ein Hexenschuss ereilt, und zwar ein gewaltiger. So itzo gleich mal vorerst Tanz- und Callaneticsverbot und im Anschluss Physiotherapie. Praktisch von hundert auf null – auch blöd. Noch dazu, wo die Stampferei Psychohygiene – muss mir da jetzt was anderes suchen zum Aggro-Abbau. Oft braucht es das Brachiale. Neandertal wieder. Eishockey hat mich immer sehr angesprochen. Aber das wird nix mehr. Da bin ich realistisch. Eventuell ein Eishockey-Match besuchen. Na, mal sehen. Interessant ist, dass die Wechselwallung während der schlimmen Kreuz-Hexenschuss-Phase Ruhe gegeben hat. Kreuz toppt Wallung.

Oberteilcausa

Die Oberteilfrage zieht sich wie ein roter Faden durch mein Dasein. Immer auf der Suche nach dem richtigen Oberteil. Sollt man meinen, eh keine Affäre – en contraire, mon amis. Hosen, Röcke, Kleider – kein Problem – Oberteil fast Gralssuche. Derzeit hunzt mich folgende Gschichte. Eine kurzärmlige Bluse in Baumwolle – zwegn Schwitzen – soll's sein – Stil: schlicht, gerne auch uniformös. Alles Dunkelblaue, was ich gegoogelt und auch live shoppen wollte, war entweder tantig oder glitzig oder schwer kunstfasrig. Bei Kunstfaser setzt die Wallung prophylaktisch ein. Also alles nix. Aber das Teil, das ich ja für den Brotjob brauche, lässt schon sehr nach. Wird schider und bald mal luachti (= porös). Lösung letztlich Einfärben weißer Teile – mal sehen, ob da eh nicht eine Batikware dabei rauskommt … wobei das hat man ja jetzt wieder. Kann berichten, dass die Färberei früher ja DER Burner war – also jetzt wieder obenauf mit zwei Oberteilen. Wollte schon fast zur Polizei gehen und fragen, ob die alte Uniformhemden haben zum Auftragen – das wär eh super im Brotjob, da ist man dann gleich Autorität – die braucht man für die Zu-spät- und Gar-nicht-Kommer und die Gschnappigen.

Zwischensplitter

Manchmal kurze Aufblitzer (besser als Busenblitzer), dass das Leben recht einfach sein kann. Das zu konservieren ist die Kunst.

Reagiere zunehmend allergisch darauf, für andere die Kastanien aus dem Feuer zu holen. Vorzugsweise für Burschen, das kann ich gar nicht mehr ab. Habschis semmeln, ich glätte die Wogen – nein danke. Kommt mir schon immer wieder unter – eine Zeit lang war Ruhe im Karton, dann kam es wieder. Also ran an den Speck und „Nein" sagen. Weil es auch in die Richtung „Frag Mutti" geht –

selbst zu faul, nachzuschauen oder zu recherchieren oder was auch immer, viel bequemer mich zu fragen, weil wissend, dass ich dann hüpfe und tue – aber jetzt nimmermehr. Bei Krakau.

So

Ob das das Alter ist, oder sonst was, aber ich ertapp mich laufend dabei, dass ich „so" sage. Egal was ist, „so" schließt die Geschichte, welche auch immer, ab. Gleichzeitig suggeriert es, dass ich Unglaubliches geleistet habe und jetzt den Abschluss feiere. Also Atomspaltung-Pipifax gegen die Großtaten meinerseits. Sei es, Papier geschlichtet, Kasten ausgeräumt, ausgemistet oder Gewandbegutachtung gemacht zu haben. Wahrscheinlich schon das Alter, weil früher ist mir das bei den Alten immer aufgefallen, dass sie so ein Lieblings- und Standardwort hatten. Hab mich recht darüber lustig gemacht im Geheimen und wie alle Jungen gedacht, dass ich so was nie machen werde. Das ist die Arroganz der Jugend, hilft nix. Na ja, und die scheidende Konzentration, auch so eine Alterssache. Wirklich zwider, wenn man Sachen vergisst, während man den Raum wechselt. Hab gehört, dass man sich dann am besten unter den Türrahmen stellen soll, dann fällt es einem wieder ein – funktioniert bedingt, meistens muss ich ins andere Zimmer zurück, dann leuchtet die Glühbirne auf. Das Gute – es trifft eh alle, früher oder später.

Gemischte Gefühle

Jetzt verbring ich schon so viele Jahre in Wien, und die Stadt ist mir immer noch nicht sympathisch. Grade mal im Frühling, Sommer und im Winter, wenn Schnee, geht es. Dann gefällt mir

Wien. Dazwischen hat es was von einer Pestgrube – der liebe Augustin und so. Der war ja auch so grauslich. Überhaupt perfektioniert der Wiener die Grauslichkeiten. „Gschichten aus dem Wienerwald" trifft es auf den Punkt. Aber mehr die gschlamperte Grauslichkeit, nicht die akkurate. Was Wien ja dann doch rausreißt, ist das kulinarische Angebot. Da wiederum recht suprig, praktisch Weltklasse. So gesehen kein Wunder, dass ich immer noch hier bin. Wobei die Sachertorte komplett überschätzt. Weil meine Mutter hat die beste Sachertorte ever gebacken – saftig, köstlich und très, très magnifique.

Musik

Musik an sich ist Herzöffner par excellence. Sie öffnet bei mir allerdings die Schleusen so derartig, dass mir oft die Tränen waagrecht rausschießen, wenn ich bestimmte Teile höre. Ganz gefährlich das Violinkonzert von Max Bruch – praktisch Tal der Tränen, weil so schön. In die Philharmonie gehe ich deshalb gar nicht gerne, weil meine Sitznachbarn würden sich doch recht wundern, was ich plärren kann, sich eventuell auch recht gestört fühlen vom vielen Schneuzen. Und optisch natürlich Horror, weil nach Plärrattacke kann ich bei den Roten Nasen anheuern, ehrenamtlich. Ja und wenn ich den David Bowie höre, insbesondere „The Man Who Sold the World" und „Hunky Dory" ist es auch ganz aus. Da kommt dann noch hinzu, dass ich gerne inbrünstig mitsinge, also Background mache mental und mich maximal reinsteigern kann. Bin ja mit großer Fantasiegabe gesegnet, was sich manchmal auch als Fluch herausstellt.

Schon wieder Psycho

Hab ja schon erwähnt, dass ich posttraumatisch etwas vorbelastet bin, erstes Lebensjahr und Adoption und Sabberdieblablabla. Das Nervige daran ist, dass man kopfmäßig weiß, dass ja schon lange alles bestens ist und das gar nicht mehr notwendig ist, dass es einem den Vogel raushaut, und es haut einem den Vogel trotzdem aber so was von raus. Das ist sehr zwider, zumal es ja immer dann passiert, wenn gar nix passiert, also ins Blaue praktisch. Ich mein, eh wurscht, solang man die Tools an der Hand hat, die lindern und helfen, aber grundsätzlich ist es eine immense Kraftanstrengung für den ganzen ollen Kadaver. So gesehen hackelt der Posttraumatisierte doppelt und dreifach und strengt sich rasend an. Aber erklär das mal wem, der das nicht kennt. Der denkt sich ab in die „funny farm" mit der Mizzi. Na ja, gehört eben auch zu mir, der Vogel. Und die ganze Aufarbeiterei, viel Hacke. Da geht der Unbelastete auf ein Eis, während der Traumi zum Therapeuten rennt und in grauen Vorzeiten rumkramt, sich sortiert und wieder zusammensetzt. Sehr warten tut man dann auf Meldungen wie „Na geh, das war doch eh nicht so schlimm, haben dich doch eh die Richtigen adoptiert" und Gedankenblase „Du Nerverl". Das braucht der Mensch dann wirklich nicht.

Wehmut

Reden, damit der Mund nicht leer steht, das hat meine Mutter gerne gesagt und hat damit die ganzen Dummschwätzer gemeint, die sich selber gerne reden hören und heiße Luft produzieren. Da gibt es ja leider recht viele davon. Wenn ich Pech habe, schmeißen sie jetzt das Buch ins Eck oder bringen es in einen öffentlich zugänglichen Bücherkasten – was ja die nachhaltigere Variante ist – weil sie finden, dass ich auch zu viel schwadroniere.

„Kopf hoch, auch wenn der Hals schwarz ist", das hat sie auch gerne gesagt, die Mutter. Das hat interessanterweise etwas sehr, sehr Tröstliches gehabt. Die Wehmut, die Mutter nicht mehr leibhaftig um mich zu haben, bleibt – wird zwar um einiges weniger und bewegt sich dadurch durchaus im erträglichen Bereich, aber so ein kleines Fünkchen Wehmut bleibt. Also nur wenn man zufrieden war mit der Mutter, also, wenn sie keine Zange war oder ein Besen. Das gibt es ja auch. Das mag ich ja gar nicht. Da müsst ich jede Woche eine Aufstellung machen, dass ich das okay finde – but what for? Es gibt die bösen Muttertiere.

Es rentiert sich

Ich sag euch was – jetzt bin ich bauernmäßig per Du mit den geneigten Lesern –, was man nicht alles sein lässt, weil man meint, das rentiert sich doch nicht. Zwei Tage aufs Land – geh, das rentiert sich doch nicht. Alles Käse. Es lohnt sich. Es ist Kurzerholung vom Feinsten. Es ist im Hier und Jetzt sein. Es ist genial. Ich entspann mich genau nach Mauthausen – politisch korrekt, denn wer entspannt schon in Mauthausen? Da hat sogar meine erste Katze regelmäßig gespieben, in der Mauthausner Kurve. Also ab Mauthausen geht es los mit der Tiefenentspannung. Niederzirking schon fast Alphazustand, ab Pregarten kannst Dalai Lausmän zu mir sagen. Und das wirkt immer. Nicht zuletzt wegen der Bäckerei am Platz in Pregarten City, wo es die besten Schaumrollen gibt. Gutau nicht zuletzt wegen Gasthäusern einen Besuch wert. Nur einmal Enttäuschung. Als meine liebe Freundin Gudrun und ich eben dorthin in Erwartung eines Bratls fuhren, der Speichelfluss hat schon auf der Westautobahn eingesetzt, und dann hatten DIE Italienische Wochen. Was für eine Niederlage. Zum Glück gab's Leberknödelsuppe.

Mosern

Handwerker und Techniker eine eigene Kategorie. Da wird geschraubt und gedröselt, und dazwischen hört man dann „Wer hat denn das so eingestellt?" oder „Das ist ja ein Wahnsinn, welcher Trottel hat das festgeschraubt?". Der gleiche Nenner ist immer der, dass stets der Vorgänger ein fester Depp war und der Jetzige der Heroe, der genau weiß, wie's geht, aber eben wegen des Deppen im Vorfeld erschwerte Rahmenbedingungen hat. Die Erschwerniszulage schlagen sie automatisch auf die Rechnung mit drauf. Lustig wird es auch, wenn Privates nebenbei kundgetan wird. So was wie „Am Wochenende musste ich einem guten Freund in Scheidung beistehen." Der arme Hund war so fertig, weil die zukünftige Ex recht grauslich zu ihm war. Also in der Regel immer seelische Grausamkeit der Frauen und ganz arme Burschen, Häufchen Elend. Ein bisschen wie bei Criminal Minds, mit dem Unterschied, dass nicht so viele Mizzis stellvertretend für die zukünftige Ex gemeuchelt werden. Ja und zu guter Letzt, also nach ca. drei Stunden (statt einer anberaumten) funktioniert das von langer Hand reparierte Teil dann leider doch nicht. Eine innovative Branche.

Und wenn man sich die IT-Branche ansieht … auch eine wortkarge. Der ITler immer sehr einsilbig und Geschwätzigen gegenüber recht harsch. Ich natürlich geschwätzig und recht interessiert daran, was denn jetzt kaputt sei und ob noch Hoffnung besteht, gespickt mit kleinen Wortwitzen, damit es nicht fad wird – aber da beißt du dir die Zähne aus an so einem ITler. Dass die wer nimmt, kann ich mir beim besten Willen nicht vorstellen. Auch die seh ich eher im Criminal-Minds-Kontext oder Law-&-Order-Umfeld. Ich mein, es geht mich eh nix an, ob die sich paaren oder nicht, aber ich mein ja nur.

Urlaub

Urlaub ist super. Langer Urlaub noch supriger. Vor allem, wenn es länger dauert, bis das System runterfährt. War in jungen Jahren anders. Praktisch von null auf gleich Urlaubsfeeling. Nachhaltig in Erinnerung geblieben sind mir die Sprachferien im Englischen. Auf die hab ich mich so gefreut, dass es ganz aus war. Ich war beeindruckt von allem Britischen. Mir hat auch das Essen dort ausgezeichnet geschmeckt. Die Baked Beans allem voran und die Pommes, die ja Chips heißen, gleich hintennach. Weil dicklich und innen herrlich mehlig, außen knusprig. Krieg ich gleich einen Mordsappetit. Fish and Chips sowieso genial. Die Gastfamilien waren auch extrem super und oberbritisch, herrlich. Wermutstropfen war nur meine damalige Stalkerfreundin, mit der es recht anstrengend war. Die hatte ganz dünne Haare, und ich musste ihr dann täglich die Schnittlauchlocken eindrehen. Wenn was nicht gepasst hat, ist sie zickig geworden, und es hat ihr eigentlich immer was nicht gepasst. Aber abgesehen davon kam Großbritannien bombig. Geruchserinnerung das Meer am kieseligen Strand, immer eine kühle Brise und nie zu heiß, ever so fantastic.

Liebeskarenz

Verliebt sein und verliebt sein ins Verliebtsein sind Dauerbeschäftigungen. Also wenn man verliebt ist, müsste man eigentlich in Karenz gehen können, also in Liebeskarenz, weil man von früh bis spät mit der jeweiligen Causa prima beschäftigt ist. Durchdrungen von ihr pfeilartig, die Glücksgefühle schleichen sich in jede Pore und jede Region des Körpers, des Geistes und natürlich der Seele. Fast schon religiös, was da abgeht. Darum Karenz, weil man ja nicht zurechnungsfähig ist. Auch das Bedienen schwerer Maschinen ist nicht ratsam, weil abgelenkt. Mal eben an die sich kräuselnden güldenen Haare des Geliebten am Unterarm denken, und schon ist die sündteure Maschine ruiniert. In dem Gefühlsdusel ist einem das natürlich wurscht. Später nicht mehr, wenn man für die Reparatur zur Kassa gebeten wird. Also, Politiker dieser Welt – Liebeskarenz einführen. Interessant ist auch, wie die angebetete Person in Glanz erstrahlt, die Rundung der Nase magisch schön erscheint und der Geruch zum Superfragrance mutiert. Trifft man einst Adorierte Jahre später wieder – vorausgesetzt, man ist nicht immer noch verliebt in sie –, fällt es oft schwer, diese Geschichten wiederzuerkennen. Also, Nase ja, aber magisch? Und so weiter. Blöd auch, wenn man mittendrin erkennt, dass der Adorierte dann doch was vom Weinstein hat, also dem Vollkoffer-Hollywood-Produzenten, der alle gleich mal abgetatschelt hat und glaubt, das gehört sich so. So, das geht dann auch nicht mehr. Da bröselt dann der Putz. Mystifiziererei erledigt sich schlagartig von alleine. Auch gut. Geht man wieder abgeklärt und nüchtern durch den Alltag. Halt auch ein bissl fad. Mystifiziererei entsteht ja zu einem Großteil aus der Fadesse. Weil wer will schon fad jeden Tag dasselbe tun, roboterartig und ohne Emotion von außen. Da sagt sich wahrscheinlich ein Teil im Hirn „Na so sicher net" und schaltet in den Mystifiziermodus. Weil dann wird es ja spannend. Dann spürt man sich wieder, wie der Eso sagen würde. Das Objekt der Mystifikation ist in der Folge eigentlich Nebensache. Was sich halt anbietet. Drum ja oft die Ernüchterung hintennach so groß.

Gekoppelt an die Mystifiziererei ist ja auch das Anhaften. Also das fast Klebeartige, das man dann entwickelt. Praktisch Superkleber auf zwei Beinen. Man kann gar nicht mehr loslassen, man muss den Fluss anschieben. Das überfordert dann gerne das Gegenüber. Weil Klette. Außer das Gegenüber ist klettenaffin, dann geht es gut. Wobei Fluss anschieben nicht optimal. Fluss immer fließen lassen, dann läuft's. Auch das sich Auflösen im anderen ist so eine Komponente, die gefühlsorgastisch sein kann. Praktisch Einswerdung mit dem Gegenüber. Blöd nur, wenn das bleibt und man fix und fertig ist über die kleinste Trennung, also alleine zur Arbeit gehen beispielsweise. Nicht praktikabel im Großen und Ganzen. Im Detail allerdings eine sehr, sehr berührende Variante. Seelenverschmelzung sag ich mal dazu. Wäre das ein Berufsbild, würde es ja wieder passen. Bezahlt werden fürs Seelenverschmelzen, also man ist dann Seelenverschmelzer – herrlich. Gehört gleich in den Jobkompass vom AMS aufgenommen.

Küchenphilosophisch

Unser Wesen an sich ist ja meiner Meinung nach vorgegeben. Bis zu einem gewissen Grad kann man dran schrauben, verbessern, korrigieren oder dergleichen, aber eben nur bis zu einem gewissen Grad. Das finde ich auch gut so, weil sonst gehen wir ja direttissima in die Gleichmacherei. Was uns schwerfällt, ist zu akzeptieren, dass wir wesensmäßig unterschiedlich sind. Der eine versteht den anderen nicht und sinniert nachhaltig darüber, warum X das so und nicht anders sieht. Auch ein Zeitkiller. Wobei bedingt. Nachdenken darüber, warum etwas ist, wie es ist, ja durchaus nützlich und fördernd. Nur eben nicht übertreiben. Es gibt ja diese Sternstundenmomente, in denen uns alles stimmig erscheint. Dieses Gefühl der Einheit gilt es zu konservieren, damit es abrufbar ist in holprigen Zeiten. Ein Stück weit Übungssache.

Andererseits gibt es auch Zeitgenossen, die einfach zufleiß auf der Welt sind. Die sind die eigentliche Herausforderung. Da sehe ich die Aufregung darüber als durchaus berechtigt an. Dampf ablassen und auch Wut rauslassen immens wichtig. Halt eher verbal, denn angrifflerisch. Gut zu beobachten an meiner zweiten Miezekatze, die hat umgehend geahndet. Praktisch Paradebeispiel für Wehrhaftigkeit. Wobei für den unbefellten Zweibeiner nicht immer gesund, weil schnell mal Ambulanz vonnöten wegen Tetanusimpfung.

Wehmut da capo

Egal, wann sie gegangen sind, ist die Wehmut beim Gedanken an Verstorbene ein treuer Begleiter. Zeit heilt schon, aber zu bestimmten Anlässen oder in bestimmten Gefühlslagen erwischt es einen doch wieder kalt. Schön, wenn dann die guten Erinnerungen abgerufen werden und einem ein Lächeln auf die Lippen zaubern.

Lächeln und Lachen oberwichtig. Man kann die Freunde danach ranken, mit wem kann ich lachen aus vollem Herzen, bis mir das Zwerchfell wehtut. Das sind die Guten, die wollen, dass es mir gut geht, bei denen bleibe ich. Die Entscheidung, wen wir zum Freund machen, liegt bei uns, und die Entscheidung, wen wir nicht mehr als Freund haben wollen, ebenfalls. Da ist nicht die Schicksalsglocke ausschlaggebend, das haben wir sehr wohl in der Hand. Die Länge einer Freundschaft hat damit nichts zu tun. Es kann ja eine lange Krüppelbeziehung gewesen sein, in der man kleingehalten wurde. So gesehen auch hier Qualität vor Quantität. Ähnlich wie bei Liebesbeziehungen kann man sich auf ein warmes, gutes Gefühl verlassen, das einen umschwappt, wenn man an diese Menschen denkt. Alles andere ausmisten. Ausmisten sowieso extrem heilsam. Das ganze unbrauchbare Klumpert kübeln. Plötzlich erscheinen einem dann so viele brauchbare Dinge und Menschen. Auch das rentiert sich. Lustig, dass in dem Wort rentieren das Rentier drinnen steckt. Vielleicht macht das Rentier generell nur Sachen, die sich rentieren. Wer weiß?

Läuft

Jetzt schon auch ein wenig Ernst einbringen. Weil ja nicht immer alles lustig. Der Fluss und das Anschieben – Kernthema bei mir. Bei sich bleiben ist der Schlüssel. Auf etwas warten, verharren, stecken bleiben in der Warteschleife bremst. Macht auch schlechte Stimmung. Tun, was getan werden muss, wiederum bringt Bewegung ins Spiel. Bewegung immer vorwärts gerichtet und deshalb kann es dann flutschen. Also bewegen, weil wenn man sich nicht bewegt, wieso soll sich dann was bewegen? Ruhephasen dazwischen, um einen Ausgleich zu schaffen. Ruhen, wenn man müde ist. Ruhen, wenn man in sich geht. Zwischen ruhen und fad herumliegen ja Riesenunterschied. Schnell noch mal ordentlich herumgscheiteln. Bleibt in Bewegung. Zumindest bis zu meinem zweiten Buch!

Finale

So, jetzt haben wir den Salat! Nix grande Finale. Das Buch will beendet werden und ich Beendigungsschwäche. Wie abschließen? Ich könnt es ja auslaufen lassen, so wie man ungewollte Bekanntschaften aus- und anlaufen lässt. Oder mir fällt noch ein Witz ein. Noch besser, jemand soll einen Witz erzählen! Gut, aber es wär ja nicht mein Buch, wenn das Ende flutschen würde. Ich sag euch was, ich hör jetzt einfach auf und leg mich nieder, weil warum sitzen, wenn man liegen kann?

Die Autorin

Geboren in Salzburg und aufgewachsen in Linz begann die Autorin 1982 in Wien ihr Studium der Publizistik und Kommunikationswissenschaften. Sie arbeitete nach Abschluss des Studiums knapp 10 Jahre lang als Pressesprecherin, PR-Managerin und Trainerin/Coach im Erwachsenenbereich. Danach erfolgte ein beruflicher Richtungswechsel mit der Ausbildung zur Dipl. Vitaltrainerin Entspannung. Derzeit ist sie als Office Managerin und Entspannungstrainerin im Einsatz. Ihr Lebensmittelpunkt ist Wien.

novum VERLAG FÜR NEUAUTOREN

Der Verlag

„ *Wer aufhört
besser zu werden,
hat aufgehört
gut zu sein!*

Basierend auf diesem Motto ist es dem novum Verlag ein Anliegen neue Manuskripte aufzuspüren, zu veröffentlichen und deren Autoren langfristig zu fördern. Mittlerweile gilt der 1997 gegründete und mehrfach prämierte Verlag als Spezialist für Neuautoren in Deutschland, Österreich und der Schweiz.

Für jedes neue Manuskript wird innerhalb weniger Wochen eine kostenfreie, unverbindliche Lektorats-Prüfung erstellt.

Weitere Informationen zum Verlag und
seinen Büchern finden Sie im Internet unter:

w w w . n o v u m v e r l a g . c o m